おいしい目玉焼きの食べ方

阪井達生詩集

澪標

阪井達生詩集

おいしい目玉焼きの食べ方

目次

いのち

終電車

装幀　森本良成

いのち

序章　――病院で――

ＭＲＩの脳の写真を示しながら医師は「認知症の後期の少し手前です」
脳の空洞の拡がりの説明は　よく理解できなかった　母の不可解な行動
の「なぜ」と「どうすれば」の答えを見つけようと病院へ　乾いた専門
用語の言葉しか帰って来なかった。

妻はある決意を持って僕に言った　あなたの母は病気であること　母の
世話が妻だけではできないこと　あなたの母のことを妻にいくら文句を
言っても仕方のないこと　母よりも僕を先に病院に連れて行きたかった
のだ　僕がどんな答えを出すのか。

三人は遅い昼食をとった　母は帰れると分かると元気になった　あとの二人は食べ物の味が分からなかった　長い待ち時間　簡単な図形のテストと問診　母のおびえた顔　帰り道で　本を買った　医学で出来ることは少ないと　答えは出せなかった。

はじまり

母が風呂を嫌がる理由が
一人では下着が履けない
湯船から上がれない　と知った

妻から母がおかしいと言われるたび
繰り返えされた
乱暴な言葉
　おふくろの悪口をいうな
そんなこと　俺は認めないぞ
母は一人で
いつも　残されていた

風呂の戸を開けると
驚いた顔があつた
僕はぎこちなく　シャワーの蛇口を手に
お湯をかけはじめると
目を細める母

嫁や子供に
下の世話をされるのはいや
早く死んだほうがまし

勝気で頭の回転のいい
自慢のはずの母は
いなかった
母は寒い風呂場で
僕のはじまりを待っていた

ボケはありません

ああ　元気ですよ
毎日　楽しく
困ったことなんか　ないです

トイレとか風呂は一人で
服は自分で着られます
外出は　もう歳ですから
していません

「今日は　何曜日ですか」
今は仕事も家事もしていません

もう何曜日は　ないんです
「昨日は何を食べましたか」
食事はおいしく食べています
これでもお肉が大好きです
「それで　何を食べましたか」
ですから　全部食べています
食べてしまったので　なくなっています

あんた　役所の福祉の人やな
物忘れはありません
頭だって　はっきりして
ボケはありません
私の悪口　書類に書いたら
あかんで

変わってほしくない日常

お迎の車はまだ玄関にいる　母はまだフローリングの床に転がって　まるで子供だ
僕は焦って従わせようと　母は僕の手の痛みに耐えながらも「殴れ」「さあ殴れ」
と大声で　頭を突き出してきた　母は怯んだ僕の顔をのぞきこみ　また同じ言葉で
「デイサービスにはいかん」母の一言が始まりだった　まるで不意打ちだ　母がデ
イサービスに行くのを見届けて　僕は仕事場へ走る　変わってほしくないこの日常
仕事を休み　不思議な　一日がはじまった　母はもう寝息を立てている　明日にな
れば　母は今日のことを忘れ　昨日の日常が続くかもしれない　僕の手の恐怖は母
の心にどう残るだろうか　母への後悔と仕事のことで　僕の頭は二つに割れている

寝息

母は深夜　自室の
壁をたたく
オゥー　オゥー　奇声を発しながら
拳に力をこめて

やめさせて
僕が二階に上がると
母はまた　壁をたたく
毎日の繰り返し

深夜　目覚めると
自分はこの部屋にはいない

どこかにいった自分を
呼び戻そうと
母は
壁に向かう

手を真っ赤になるまで
声がかすれるまで
感情を出し切ると
母は　安心して
寝息を立てる

母は何もなかったように
朝を迎える
僕は母の寝息を確かめているだけで
壁にもなれないでいる

あなたはだあれ

甲高い　若い声が叫んでいる
　とめやん　二階へ行って
　お父ちゃん呼んできて
どうやら　母は起きたらしい

二階へは行ったふり
　お父ちゃん　おらん
不満そうに
　しゃない　急いでいるのに
いったい　何があったんや
とめやん　初めて聴く名前や

朝飯を食べると
落ち着いて
じっとこちらをみて
　あなたはだあれ
と聞く

こまったな
母の玉手箱が開いて
なにが　飛び出してくるのか
それが分かるまで
正体を明らかにはできない

二階のお父ちゃんか
とめやんか
あなたの子供に戻りますか

ゆりかご

目覚めると
知らない家にいた
まわりは　見覚えのないものばかり
私は明日までに
習い事の着物を仕立てなければ
姉には買い物をたのんである

私は混乱している
この家の人は親切だが
家に帰らなくては
私の家は生野の勝山　市電の停車場の近く
暗くなって　この家の人に見つからずに

出された食事が心地よい睡魔を
部屋の午後の陽は心地よい
この家を出るには　まだ時間があるようだ
私はゆりかごの中に
ゆっくりと　入っていく

玄関から声がした
「ただいま」「これ土産や」
両親は姉と一緒に外出していたのだ
三人の声がする
隣の店舗の丁稚さんの声も聞こえて
私はいつもの家にいる

たしなみ

母は鏡の前に座り
自分で薄化粧
口紅も引いた

毎日同じ服を着て
ベッドかソファで寝てばかりだったが
めずらしくタンスから新しい服を

綺麗と誉めると
男前がいるからや
女のたしなみや

デイサービスは年寄りの行くところ
みんなで唱歌を歌うのはいやや
今日はどこか違う

化粧品は気づかれずに
私が買い足していると
妻が笑って教えてくれた

金魚

いっぱい　水分をとって
いっぱい　おしっこだして
　体の毒を外に
母には毎朝　同じ言葉　同じ説明をして
枕元にペットボトルのお茶を置いておく

今日は機嫌が悪い
プィと横を見て
私は金魚とちがう　お茶ばっかり　飲んでられへん
まじめな顔で　ニィと笑った
えっ　金魚って　お茶　飲むんか?

ベッドと食卓の往復だけの日常
僕の一方通行の会話

毎日　体に入る水分量を測られのはいや
いっそ　この部屋を水で満たせば
自由に動ける　泳げる
好きなときに水も飲める
そうか　母は金魚になりたいのか

おいしい目玉焼きの食べ方

半熟の目玉に
フォークを刺すものだから
持ち上がらず
黄身は皿の上に流れ出した

母はいきなり　手でつかんで
口に入れた
流れ出した黄身を
皿を持ち上げ
ベロベロと舐め始めた

パンをちぎって拭くものよ
野菜で絡め取るのも一つの方法
教えてくれたのは母だった

テーブルマナーなんかいらない
母は　おいしい
目玉焼きの食べ方を発見したのだ

くずれていく

お母さん怒らないから昨日みたいに汚れたパンツをタンスの中に隠すのやめて掃除のときお母さんのパンツをベットの下で見つけただけでも気が滅入るんだからお母さんは夜中に冷蔵庫の中のもの食べているでしょう食べ残しやビニール袋皿鍋箸はそのままにして朝起きてからが大変なんだかたづけや朝食も作ったりで時間がないし仕事もあるしバスが待っているからお母さんがここにいるだけで僕も妻もおかしくなってくずれていく

お母さんお願い頼んでないのにお湯沸かしたりご飯を炊いたりしないでガスあぶないよこの前カラ炊きしたでしょヤカン一つだめにしたでしょお母さんがデイサービスを早く帰ってきた日僕も妻も遅くなった日だよかってにお湯を沸かしたらだめだよペットボトルのお茶あるでしょ僕らのためにご飯炊かなくてもういいから自分のこともできないのに何もしなくていいからといってしまうとお母さんは少しずつ大切なものを失っていく

散歩で行くコンビニではアメは二袋だけだよお母さんのバック開けるよ中にはふるい診察券黄色いハンカチ丸く変形したティシュ財布はあるけどお金ないよお母さんお金ないと買えないこと知ってる昨日デイサービスに行ったとき帽子かぶってたね忘れてきたんだマジックで大きく名前書いたやつこのハンカチお母さんのじゃないよ黙って持って帰ったらだめだよ連絡帳は無くしたもので真っ黒だよお母さんは要らないもの捨てていく

迷路

母は迷路にいる
道に迷って　入り込んだのではない
出会う人に
声をかけているのだ

迷路から出た母は
ここがどこかわからず
首をかしげ　また
迷路に隠れてしまう

迷路には

時間や
言葉が
宝物のように
いくつも　開かれないまま
残されている

母が見つけた小箱には
胸をドキドキさせた
ちいさな約束が
入っているかもしれない

母は迷路にいる
出口を探しているのではない
迷路でしか　会えない
人を
捜しているのだ

笑顔

お母さんとの喧嘩はすぐ終わるんだお母さんはなにが原因だったかすぐわからなくなるから怒った顔のまま固まってうごかないお母さんは手づくり始めるのいいんだけど昔のようにうまくできないからすぐプィと横向いてそのふてくされる顔かわいいねお母さんたまにはテレビを見てねいま漫才やってるよ嫌だなテレビ見ながら不思議な顔するの。

お母さん今日声高いよ大きいよ何かいいことでも思い出したのかなあそれ子供のころの話だよね僕にはよくわからないけどお母さん声高いよ大きいよ口が笑顔からはみ出してるでもいやだなあその話今日もう四回目だよいつだったかはいはいわかりましたと返事したらお母さん怖い顔したねお母さんはちゃんと真面目に聞かないと睨み付けるんだ。

夜中に大声出してもいいから文句はもう言わないから笑顔で返事して認知症だからお母さんは何も考えていないと思ったりしてしまうから最近のおばあちゃんは眼がトロンとして焦点が合ってないと孫が心配しているよお母さんは不安とか不満があればすぐ顔に出るんだ話しかけても返事がない日がこう続くとお母さんの本当の顔を忘れてしまう。

オセロゲーム

母のベッドサイドにいる　透明な水面にいる　止まった時間だけの世界が静かに過ぎて横になって一点だけをみている母と　母をただみている僕がいて　ふいにそれが入れ替わって　僕は天井が落下する夢をみたあと　母の座っている姿があって　やさしい眼をして　ほんとうは僕と母は病室にいなくて　ずっと異空間を旅しているのではないかと

今日はさむいね　母は答えず　長い沈黙のあと　甘い物がほしいと一言　会話が続かない母はあまりにも遠くへ言葉を飛ばすので　どのように返したらいいのか分からない

昨日も　僕が病室にいなかったと　一日中いたと言い返すと　母は怒った顔で黙ってしまった　僕は形だけの会話を続けてきた　母は存在という鋭い変化球を投げ返してくる

「ない」はオセロゲームだ　白に囲まれると白くなり　この白が黒に囲まれると黒くなる「ある」はまるでその逆だ　白に囲まれると黒くなり　黒に囲まれれば意地でも白くなる　生きるということはその絶妙なバランスで成り立てている　言葉だってその意味を隠そうとしている　僕と母は白と黒をお互いに繰り返して　いきる意味を探している

いのち

母は重ね着の単衣《ひとえ》を
一枚ずつ　脱ぎ捨てる

仏壇　お寺　毎月の墓まいり
お金　財産　見栄　娘時代の着物
女　子供　夫　家庭も
どこかで脱ぎ捨てていた

母が最後の一枚を脱ごうとするとき
僕の手を軽く握り返したように思えた
その不思議な感触で気が付いた

僕も生まれたときこの手を握り返していた

裸で生まれ
裸で死んでいく
母が教えてくれたこと

遺影

孫が
分厚いアルバムから
母を捜してくれた
子リスを手にした　動物園での
一枚の写真に
眼を止めた

僕には捜せない
母の顔をとっくに忘れている
母の顔の激しい変化に戸惑って
顔が変わると
人が変わる

アルバムの
どの顔も
母の顔なのだ
家族に不満を訴える顔
不安げにこちらを見ている顔
何も考えてないと思わせた　最後の顔
本当の母の顔なのだ

遺影には
母の笑った顔があった
僕は
その顔で
母を送ることができた

月明かり

仕事の帰り
駅を出て　商店街の切れたところで
母と会った
この先の高台には
母を認知症と診断した病院がある

過去と今を往復する母と
何を言っても　同じだから　と
母を平気で傷つける僕が
この三叉路には　いるのだ

母は落し物を捜しているといった
メガネか　財布か　帽子か
いつもの診察券
わずかな月明かりの小道で
母と僕とが　手探りで

母は落したものが　何であったかさえ
忘れている
僕は母の落しものが解らないから
探し出せない

母さん　もういいよ
この辻で　僕を待たなくても
今日は二人で　捜せたけれど
いずれ　僕が　ひとりで
捜すことになるのだから

いえない言葉

咽喉の先にまで出かかっている言葉がある　言ってしまうと全てが終わる　妻もそう思っている　小声でつぶやくように　ささやかれても聞いてはいけない　頭に残してもいけない　この言葉には光の面がなく　無限の切れ目のない　荒地がだらだらと続くだけで　言葉が言葉として一人歩きすると　僕と妻と母の三人の関係が崩れ始める　まず母が荒地の坂を　真っ先に転げ落ち　僕と妻は互いにののしり合いながら　落下を始める

母は姑でなくなり　親でなくなり　下の世話では笑顔さえみせる　その笑顔さえなくなると僕らは母の死を意識する　死の意識は母の「いのち」に直接ふれることに「いのち」という存在で迫ってくる母に　はじめは無力で　やがて僕と妻は自らの「いのち」にも気がつく　その「いのち」が　母の「いのち」と会話を始めると　介護がしんどいとか　無意味だとかの意識が心からふと消える　三人はお互いに助け　助けられるのだ

母の納骨のとき　骨壷から骨を出し　墓に入れる　この役を子供に任せた　なれない姿に重ねるように　次は俺の骨だから頼むぞと一言　見守る人は爆笑したがなぜか前より静かになった　言えない言葉は子供に渡した　子供はその言葉を親や自分の妻にどう突きつけるだろうか　僕のように言えないかも　それは子供に任せた　納骨の日から　僕は考え始めた　母のように何もかも捨てて　生きられるだろうか　死ねるだろうか　と

へその緒

母の遺品を整理していたら
タンスの奥からちいさな桐箱が出てきた
生年月日と　男としか　書かれてない
へその緒

胎盤と胎児をつなぐ臍帯
切れることで　命が生まれ
母となり
子となる

僕は母からも家からも離れて　生活したかった

長男だから
その一言で　母を看護し　介護で
母を丸ごと背負ってしまった

耐えられない　重たい　投げ出そうと
手のぬくもりだけが　母を感じさせてくれた
必死に生きる姿を　僕にさらして
一本の糸はまた切れてしまった

へその緒はどうすべきか
知人は母のお棺にそっと入れる話をしてくれた
僕は僕で　残されたものが持つべきか　と
母と子が一体だった証

会話

玄関と裏のサッシ戸を開けると
風が一気に入ってくる
長居の森のにおいがする
こんな時だ
母が降りてくるのは

娘が結婚して出て行ったと話はしたが
「この家には風が通っても　言えないグチや
すれ違ったままの言葉が　こびり付いている」と
いい残して去った

夕方　カラスが森に帰るのを確かめて
母の言葉を考えた
母が死んでから
僕は無口になっている
妻は娘のことばかり話している

「あの世では腹にあることは　なんでも
しゃべらなくてはなりません」
亡友がお盆の帰りに　わざわざ教えてくれた
あの世での苦労ばなしのひとつ

夕食のとき　妻にはなすと
「自分のこと　しゃべっていいのよ
順番が　回って来ただけ
歳だからね」と笑った

盂蘭盆

墓まいりからの帰り　家の前で黒服の人が宅配便を持って待っていた
相変わらず差し出し人も届け人の記載がない　よく届くものだ　丁寧に
包まれた桐箱の中はききょうの花一輪　母さんの好きな花　今年はこの
花から帰って来るのか　十分に水を吸わせてお供え物にすることにした

年一回の許される里帰り　手を合わされるより　先に子供や孫の顔がみ
たい　浮世の移り代わりも知っていたい　この世に未練があると思われ
てもしかたがないが　まだまだ言い聞かせることがある　子供や孫が生
きている間はしかたがない　お盆にはだれよりも一番で飛んで帰りたい

少年のころ　母さんが「あっ、いま帰ってきた」と叫んで急いで精進料理
とお茶の用意をしていたが　僕にはまだ　だれが帰って　だれが帰られ
ないのか　分からない　母は現世につなげた命が気になって帰ってくる
僕にはまだ　つなげられた命の大切さも　命の本当の重さも分からない

終電車

虚像

朝　鏡をのぞき込むと
ハブラシをくわえた老人がいる

鏡はその全部を反射させているのではない
眼球だってどれだけ正確にその姿を写しとっているか
あれは　おれではない

顔に手をあてて　確かめてみる
目の辺りの深い皺は
指の感覚のほうがはっきりと
鏡よりも冷静な

朝食時の新聞
夕食後テレビのニュース
最近　どれもこれも同じと思えて　しかたがない
おれの思考は疑うことを　停止しているのか

指にふれてから　考えてみる
文字にしてから　考え直さないと
ただ　美しいだけの虚像
鏡の裏に隠されている現実
この眼だけでは　受け止められない

鏡に写った老人は　だれなのか
五感を研ぎ澄まして
確かめておきたい事が
まだまだ　ある

部屋には

僕の作りたい部屋は
人が思いつかない
人に見つからない
日記にありもしないことを　書くような

ドアはなくともいい
鍵なんていらない
本棚の片隅
友からくれた一通の手紙
なにもない空の先の青さ
部屋にはもともとカタチがない

部屋はがらくたと冒険で満たしたい

目標や決意もいいけど
部屋の中にある自由がいい
だれかが非生産的で利益がでないといったな
それは部屋の外の世界

僕が部屋にいることを
だれかに監視されるのはいやだ
軍隊や権力が嫌いなのは
部屋に土足で入ってくるから

僕がもっと歳をとったら
部屋を　一度　空にしたい
生きていくための最低限のものだけを残して
大きな意思と
物にたよらない生き方
そんな部屋を作りたい

机のひきだしには

机のひきだしからは
なくしたと思っていた日記帳
もっと　奥に手をいれると
読みたかった少年誌の付録が出てきたりする

パズルの一ピース
プラモの主要パーツを
ひきだしで見つけると
がんばったけど　どこかで　諦めてしまったこと
足りないものが　何かさえ
分からないで　走っていたころ

この歳になって
やっと　謎が解ける

机の上からは
たくさんのものが飛び立っていった
そのほとんどが　もどってこない
飛ぶ立つとき
心に何か引っかかる気持ちがあったものが
ひきだしの中に　ふらりと
もどってくることがある

机のひきだしには
生きていることの意味を
ふと　気づかせてくれるものが
入っていることがある

料理秤

忘れられた
目立つことのない　私は
赤色の　小さな　料理秤
この家が七人家族のときは
砂糖に塩　小麦粉とバター
キッチンの真ん中で威張っていた

二人前、三人前を一人が食べ
年頃になると　一人前も食べなくなって
子供の成長だけは量れない

おばあさんの酢かげんは　いつも勘
量らなくても　ピタット決まる
家のだれも　分量を聞いて　書き残せなかったので
自慢の料理秤があっても
あのちらし寿司は作れない

子供の独立で　二人の生活がもどった
料理のまずさを
秤のせいにされたのは　昔のはなし
心配なのは
「この汚くて　古いはかり　いつから　我が家にあったの」
と言われること

これでも　少しは名のある料理秤
キッチンの片隅から　ときどき　出てきて
二人の老いでも量ってやろうか

チャンバラはジャズで

切られ役はタイミング　先に切り込んではいけない
主役は刀を下ろせない　主役が少しでも遅れると刀
ではなく体で切られにいく　そのくせ　切られ役の
タイミングが少し狂うだけで　刀が俺の体にあたる

チャンバラはジャズ
一人だけ　目立ってはだめ
リズムは単純に行け
ペットは　いつも主役だが
ノリがないと
一人では酔えない

切られ役は何回も死ぬ　銀幕をみる人は主役の剣先
しか見てないので　カメラの後ろを通って　再登場
ころがっている死体の数を数えてごらん　おかしい
だろう　切られ役は　切られても　すぐに死ねない

もっと　音を強く出してくれ
体がゆっくりとスイング　はじめたが
頭の中に音が入って　まっ白になったら
酒を飲み過ぎて
やっと
死ねた男の話をしよう

おかしいなあ　あれだけ怖いアップの顔で切られて
も　だれも俺の顔を知らない　今日の主役はたたき
上げ　苦労が顔にでないとさ　切られ役ははじめか
ら大部屋で　昨日の顔がそのままアップになるのさ

ベースはもっと　大地を震わせろ
酒とピアノは指先で感じるもの
切られ役の俺が
この酒とリズムに　酔わないと
チャンバラは
始まらない

終電車

終電車は
確かめるように
各駅に停車する

仕事という大動脈の急行が
通過していった後から

いきがいとかの
大切な忘れ物を
届けるために

河畔

街のはずれに大きな河があって
橋が架かっている
人が渡って対岸へ行くのを見ることができる
でも　この橋を通って帰ってくることはない
橋の手前　河を眺めるように
一軒のファーストフードの店がある

この店の特色は　客に商品を勧めないこと
店員は客のあらゆる注文と無理な要求に耐えることができる
あの世では物欲というものがない
この世の欲は　知り尽くしている
店員とオーナーは現世の人でない

この店の多くの客はこれから橋を渡る人で
この世の思い出として食べていくのだ
僕のように　その予定のない客も　なぜか混じっている
今日は客が多い　客は大声で注文し　店員は手際よく応対ができている
行列は途切れないが　順番はすぐきた
僕はまだ注文を決めていなかった
心の準備もできてない

うっかり　注文を間違えると　橋を渡ることになるかもしれない
店員は僕の口元を見て　何もしない
何もできない
僕は頭が真っ白　気持ちは焦る
時間だけが進んでいく
突然　後ろの列から
「早くしろ」

「自己責任だ」の罵声

対岸から　遊びに帰っている長老は　笑いながら言った
「これから橋を渡る奴は　いつもこうだ」

空想のドラゴン

ビルの自動ドアは人を感知して開き　人がいなくなると閉まる　風が土ぼこりを舞い上げたり　街路樹の葉のわずかな動きで　人が出入りしていないのに　ドアを開けてしまうことがある　故障ではない　ビルに何者かが出入りするわけでもない　人が作るものだから時々はおもしろい動きをするだけだ　いやドアがなにかの気配を感じているのか

夫と子供を領主に殺された女　涙があるはずのない湖を創り　ある月の夜　ありったけの声で女が泣くと黒雲が現れ　湖面が縦に割れて　湖の中から……　ここまで読むと母は絵本をパタッと閉じ「こんな話はもうありません」と強い調子で否定した　続きを読んでもらえなかった子供は大人にはなりきれなかった　現れなかったドラゴンはどこに

地下街でも風は吹く　地下の気温は一定なので　地上との温度差で　ゆっくりとした風がいつも吹いている　地下街を歩いていると　強い風が地下から地上に一気に吹き上げることがある　吹いてくる先には地下鉄があり　そのトンネルは深い地下へと続いている　ふとその風に水と獣の臭いを感じることがある　こんなときある空想が心をよぎる

自我

皿を落として割ってしまった　破片を集めて元の
姿にしてみる　ぴったりとくっつく部分もあれば
初めから別のパーツであったように　くっつかな
い部分もある
皿でいて　よかった奴もいるだろう　別なものに
なりたくて　なれなかった奴もいるだろう　どん
な名人がこねたとしても　皿となる土には　聞か
れることは　なかったはずだ
不注意で割ったのに　他人のせいの　いや皿のせ
いにしてしまった

君らはひとつの小さな部品だが　その部品が集まってこの社会ができている　入社式で教えられたこと

事実　立派な部品になろうと思ったし　ひとつ　ひとつの部品がこの社会に貢献している　と考えて働いてきた

定年退職して部品をやめた　この社会はといえば一人の社員の進退にかかわりなく　新しい部品が集められ　変わることがなかった

この社会は部品に比べて複雑でとてつもなく大きい

誰にコントロールされ　どこへ行こうといているか

今になって　考えている

あくとり

こまめにあくを
煮物では大切なこと

とりすぎたら
うまみもいっしょに捨てることに

とり残しのあくが
人生の後半で
いい味を引きだすことだってある

忘れもの

朝早く出たのに
買い物を一つ忘れた
妻は水まきをしてくれたか　と聞く
また　忘れた
今日は家にいたのに

一つだと大丈夫
二つだとわからない
三つだと一つ忘れる
母が言っていたこと

命を忘れる奴はいない
親や家族を忘れたい奴はいるだろう
国は失っても　忘れられるものではない
忘れることは意思ではできない

メモすればいいのに
一日の予定を立てる習慣がないからだ
人はいろいろ教えてくれる
ひねくれ者の僕は
大切なものは一つだけ
あとは　忘れたっていいじゃないかと
平気で答えることにしている

ぬり絵

ぬり絵をしよう　と言ったら
笑われるかな

ぬり絵には色がない
どんな色にも塗れる

ぬり絵に色を付けるには
当たり前だけど　色鉛筆がいる

世界で起こっていること
色鉛筆を持てない人が増えている

色鉛筆を持っていても
子供のころの純粋な心は忘れている

人が古い知識と記憶に頼っていると
色を付ける心さえ忘れている

大声では言えないけど
世界は色を失っている

世界は一枚のぬり絵　と言ったら
笑われるかな

えんぴつがあれば

僕はえんぴつが好きだ
サラサラと
どこにでも書けて
すぐ消せるから

僕の思いつきや空想は
すぐ変化してしまうので
強いボールペンの字より
消しゴムで消しながら　また書いて
心に強く残しておきたいから

僕はうそつきの妄想家だから
悪口やいやなこと
ありもしないことを書くかもしれない
えんぴつであれば
人を傷付ける言葉だけは
消せるから

ある詩人がいったよ
えんぴつで書いたものは　僕のものでない
あとから消せるから
次の世代に残せないから

でも　僕はえんぴつが好きだ
ある日　スローガンのような強い言葉が
僕の体内に入り込んだとしても
えんぴつがあれば

思いつきの空想や妄想で
書き直して
僕の言葉に書き換えられるから

村の葬儀

村人は　駆りだされ
骨も髪の毛さえ帰ってこないのに
事務連絡のそっけない紙一枚に
手をあわせた

村長は突然のことで
七十年前の村長がした弔辞を繰り返し読み
遺族の母は人前では泣けないし
「優しい子で」ともいえないので
黙っている

村人は戸惑っていた
この村では二度と戦場には行かせないと誓ったはず
知らない国の戦争に　なぜ村の若者が

朝始まった葬儀は昼を過ぎてまだ続いている
焼香が終わらないのだ
戦死した　じい様に会ったという人が現れてから
おかしくなった
村人の亡父　亡母　亡兄　亡姉がつぎつぎ現れ
列を作りだすと会場は大混乱になった

村の葬儀社が慌てて
真っ先に焼香台をかたづけたので
村の葬儀はなんとか終わることができた

磨る

使っているプリンターは
六色のインクを使用するもの
クロの単色で
文字のみを印字するだけなのに
なぜか赤や黄　青のインクまでも減っていく

光は重なると透明になる
インクは重ねるほど
もっと深い　墨色になると
わかったような　わからない話

今は写真やイラストが主流だから
結婚式　七五三　入学式
食べたくなる広告　色にあふれる街
美しい国まで
これらをガラガラと
混ぜればクロの単色になる

この世の中から
大切な言葉を　ひとつでも見つけることは
墨を磨るようなものだ
それも　いくえにも磨りこんで
練り重ねて　さがしていくもの

朝に

少年のころ　夜は真っ暗だった
夜明け前が一番怖かった
窓に映るこずえの先に
光を見つけた時の嬉しさ
朝は　突然にやって来た

大人になって時間を覚えた
疲れた日の短さ
辛い日の夜の長さ
朝はいろんな姿で現れては
消えていった

その繰り返しに慣れると
朝が　意識から消えた

今は　夜が明けないという
恐怖はない
明るくなる窓に問いかけている
何をするか　何ができるか
明日では　遅いことだってある
はじめて
朝に　向かいあえている

帽子

ネクタイと背広をはじめて買った
人前では帽子を
脱ぐことにした
髪は切った

定年が近くなると
人は去っていった
ネクタイをはずすと
髪を伸ばしたくなった

あたらしい　帽子は
やさしく髪を覆うような
ゆったりとした
大きさがいい

あとがき

四十年近く遠ざかっていた詩ですが、又書き始めています。書き続けるために選択したのは、大阪文学学校への入学でした。チューターと学友の出会いから一冊の詩集ができました。

この詩集は２０１３年から２０１５年まで文学学校のクラス合評会に提出して、批評にも耐え、書き直した作品で構成されています。

文学学校では批評の大切さを学びました。一人よがりになりがちの詩作に対し、僕の言葉を思い切り遠くに飛ばしてくれる学友がいて、その「なぜ」が逆に僕の言葉に広がりを与えてくれました。

この詩集は10年前に亡くなった母のこと、そして仕事をやめ、自由になったはずが、なぜか不安定な「私」を書いたものです。20代での詩作は自分探しであったかと思います。この年齢での詩作は自分の「立ち位置」を探すことです。母を書いていたとしても、親と子の存在の再確認に行き着きます。社会と個人の関係では社会人であった時期の長さで、もう少し時間が必要かと思います。

友人で詩人の武村雄一さん、文学学校のチューターの中塚鞠子先生、出版でお世話になった澪標の松村信人さんに感謝いたします。

２０１５年　７月

阪井達生

阪井達生（さかい　たつお）
1949 年　大阪市に生まれる
現住所　〒 545-0014
大阪市阿倍野区西田辺町 2-5-22

おいしい目玉焼きの食べ方
二〇一五年八月十日発行
著　者　阪井達生
発行者　松村信人
発行所　澪標《みおつくし》
大阪市中央区内平野町二・三・十一・二〇三
ＴＥＬ　〇六・六九四四・〇八六九
ＦＡＸ　〇六・六九四四・〇六〇〇
振替　〇〇九七〇・三・七二五〇六
印刷製本　株式会社ジオン
ＤＴＰ　山響堂 pro.